たとえ
空が　どすぐもりでも
ええように
いつも自分で晴れとけ
空にたよるな
空は空

三代目魚武濱田成夫「俺詩」詩集

この本を俺に捧げます

三代目魚武濱田成夫©

俺こそが俺

俺こそが俺で

俺以外は

俺じゃねえ

俺こそが俺。

ほんとの1

むかし むかし あるところに
100に負けない　たったの1がいました
100は何回たたかっても
たったの1に勝てないので
もっと強いやつをつれてきて
ぜったいに おまえを泣かしてやるといって
今度は1000をつれてきました
1000は、じしんまんまんに いいました
「おい1、おまえ　たったの1のぶんざいで
100に勝ったというが、この1000様に勝てると思うのか?

たいした どきょうだが泣かしてやるぞ。」
そういって　たったの1に　おそいかかりました
けれど、こてんぱんに やられたのは
1000のほうだったのです。
1000は、いいました
「1よ… おまえは、ほんとに1なのか?　たったの1で
たったの1のぶんざいで、なぜ この1000様より強いのだ
…なぜだ?」
すると、たったの1は、こういったのです。
「たったの1は、ほんとの1だからだよ。」

だから何もこわくないぜ

こんな事いうと
笑われるかもしれないけれど
人間の体の中には
心は　ひとつだけじゃないと思うんだ
目の中にも心はあると思うんだ
だから美しいものを見ると
目がキラキラするんだと思う
手の中にも心はあると思うんだ
だから大切なものを
そっとさわったりできるんだと思う
足の中にも心はあると思うんだ
だから歩く事や走る事が
楽しいんだと思う

鼻の中にも心があると思うんだ
だから食べる事ができないのに
野に咲く花のにおいをかいでみたくなるんだと思う
耳の中にも心があると思うんだ
だから ともだちの声を聞くと
うれしくなってワクワクするんだと思う
口の中にも心があると思うんだ
だからうれしい時は自然に
口笛を吹いたり歌を歌いたくなるんだと思う
だからもし全部の心に
ひとつひとつ勇気をこめれば
体中の心が力をあわせて
自分自身を勇気のかたまりに
することだってできると思うんだ
だから何もこわくないぜ。

秘密だぜ

俺は、ききわけの悪い大人
もう子供じゃないのに
俺は、ききわけが悪い
大人なのに
俺は、ききわけが悪いんだ
他の大人は、もうみんな
ききわけが、よくなっちゃって
自分のしたい事や
したかった事を
とっくに、あきらめちゃってるけど

俺は今でも
何ひとつ　あきらめちゃいない
なぜだか　わかるかい？
俺はね、大人になるにつれ
いろんな奴等が俺の体に
くっつけようとした
あきらめる装置をね
俺は　こっそり
ぜんぶ川に
すてちゃったんだ
でも、これは秘密だぜ。

俺の今日

たすうけつなんかで
決めなくていいもの
それは俺の今日
俺の今日を どうするかは
俺が決めるもんだぜ
俺の今日は
俺が自由に決めていいものなんだ
どんなに偉い人がやってきて

他の事は全部 中止にできても
俺の今日だけは 中止にできない
なぜなら それは
俺の今日だからだ
俺が決めた今日だからだ
俺の今日をどうするかを
決めていいのは
世界で ただ一人俺だけ
それは俺の明日も同じだ

空からみれば　にんげんが空かもな

空から見たら
じつは　にんげんが空かもな
だったとしたら　もしそうだったとしたら
おれら　にんげんも
できるだけ晴れていなくちゃな
空も毎日、にんげんが晴れるのを
楽しみにしているのかもしれないぜ
今日こそ にんげんが晴れならいいのになあって
にんげんが くもりなら　やだなあって
にんげんは 明日はどうかなあって
にんげんが 晴れればいいのになあって

空も、おれらが空に きたいするように
おれらに毎日きたいしてるのかもしれないぜ
だからほらやってみないか
一人一人が晴れれば
にんげんだって青空をつくれるはずだぜ
一人一人が晴れれば、にんげんだって
雲ひとつない青空をつくれるはずだ
やってみようぜ雲ひとつない
青空をつくってみようぜ
そしたら空は、きっとこう言うぜ
きっとこう言う
「やったあ！　今日は、ぜっこうのピクニック日和《びより》だ!!」

やってみるをかなえる

夢をかなえる前に

やってみるという事を

かなえるんだ
わかるかい
やってみるという事をかなえろ

空にたよるな

たとえ
空が　どすぐもりでも
ええように
いつも自分で晴れとけ
空にたよるな
空は空

実物

俺は俺の実物である事の誇りを持って生きている。

俺の靴《くつ》は俺のための船

俺の靴は
俺のための船
エンジンは俺の心
エンジンは俺の意志
この俺が強く望めば
俺の船は動きだす
俺の靴は
俺をのせて進む船

この俺が強く望めば
俺の船は動きだす
たとえそれが
あれくるう海のような
ものすごくこんなんな事であっても
俺の靴は進むのをいやがらない
むしろ俺と同じで
大はしゃぎだ
さあいき行きましょう船長！ってな
この俺にそう言う

ちがう道を行く

誰とも、ちがう道を行く
誰とも、ちがう旅に出る
誰とも、ちがう生き方
わざとらしくても
かまわないさ

君とも、ちがう道を行く
君とも、ちがう旅に出る
君とも、ちがう生き方
馬鹿にされたって

かまわないぜ

命が鳴るぜ
命が鳴るぜ
命が鳴るぜ

馬鹿にされても
笑われても
屁でもない

馬鹿にされても
笑われても

屁でもない

馬鹿にされても
笑われても
屁でもない

命が鳴るぜえ
命が鳴るぜえ
命が鳴るぜえ

「命が鳴るぜ。」

すべてのものよ

なりたまえ
なりたまえ
すべてのものよ
俺の藻屑《もくず》と
なりたまえ

負けずギライの奴へ

俺様は

負けずギライの奴に

ボロガチすんのが
大好き

颪を踏む

吹き荒れとる
颪を
右足で踏んづけ
俺は上から見下ろした

颪が俺の足の下で
じたばたしとる
こういう時にこそな
男はな
ウインクするべきやねん

毎日。雲が俺に教えてくれてるぜ。

「今」は今しかないんだ。って事は
「今」の大切さは
空に浮かぶ雲を見ればわかるぜ
きのう俺が見てた雲は
今日の空には もうなかった
あんなにゆっくりしか動かない雲なのに
今日の空には どこにも もう
きのうの雲は 見あたらない
そのかわり きのうとちがう雲が
今日の空に浮かんでて
まるで明日になっても
俺の頭の上にあるように思えてくるほどに

今日の雲も　まるで　とまってるみたいだ
だが明日になったら
きっとその雲は　いないぜ
明日になったら
きっと　もう　どこにも　いないぜ
「今」は今しかないんだ
雲が教えてくれてるぜ
明日には今見てる「今」が
いなくなっちまうぞって
「今」を大切にしろよ。って
その「今」は
おまえだけのもんだぞ。って
雲が俺に教えてくれてるぜ
毎日ちがう雲がな

雨をみる

火をみるように
雨をみていた
火をみるように
雨をみていた

別に意味はない
火をみるように
雨をみるべきだと
思ったからだ
火をみるように
雨をみろと。

宇宙になった気分で横断歩道のところで立ってる時

タコヤキをじっと見てたら
地球の形と　にてるぜと思った
それを喰ったら
なんだか自分が
宇宙になった気がした
宇宙になった気分のまま
歩きだすと
横断歩道のところで
信号が赤になった
俺は宇宙なのに止まった
俺は宇宙だけど信号を守った

だから今、俺の目の前を
車がいっぱい通ってる
この俺を宇宙だとは知らずに
この俺を宇宙だとは知らずに
あんがいそんなもんかもな
みんな宇宙のでかさを知らないから
じつはどこかで見ていても
気づいてないのかもね
なんかそんなふうに思った
宇宙になった気分で
横断歩道のところで
立っている時

ボール4

俺が道に立って
タバコ吸っとったら
俺に向かって俺よりも
ボール3コ分ぐらい外側の低目へ
今　4回連続で
秋が飛んできた
なあ秋よ
わかっとんのか
おまえフォアボールや
俺は夏のままやで

屁が俺にこう言った気がした

花。見てしても 屁はくさかった
石。見てしても 屁はくさかった
空。見てしても 屁はくさかった
雨。見てしても 屁はくさかった
海。見てしても 屁はくさかった
何見てしても かわらない
何見てしても そのままかわらず
くさいままの屁は 屁のくせに
この俺に
こう言った気がした
「どうや？ みならうべきとこもあるやろ。」と

乱暴な発想

俺は乱暴な発想をするのが大好き
ワクワクしてくるから
俺は乱暴な発想をしてみるのが大好き
ざわざわしてくるから
俺は乱暴な発想をするのが得意で
それを俺の人生で
ほんとうにやるのも得意だ
俺は俺の乱暴な発想を実現する
とても　ていねいに

海見るように

海見るように俺を見ろ。

せんろの上を走らない電車

夢の中に　でてきた電車は
せんろの上を走らない電車
「せんろなんてなくってても走れるさ。」っていいながら
ほんとに　せんろのないところを走ってる
ほかの電車は　みんな
せんろの上を走ってるのに
その電車だけは

せんろのないところを走ってる
俺が「どうして君だけが、せんろのないところを走れるの?」ってきいたら
その電車は　こういったんだ
「ボクは勇気とユーモアを乗せているからね。」
そう言って楽しそうに
俺の前を走りさっていったんだ。
せんろもないのにだぜ!

月より静かに月を見てた

夜道を歩いていたら
知らねえ犬が
ずっと月を見上げてたから
俺も そのよこにすわって
いっしょに月を見上げてみた
それでも その犬は
俺に おどろくこともなく

静かに月を見上げてた
5分間くらいだったけど
いっしょに月を見てた
5分間くらいだったけど
月より静かに
月を見てたんだ
俺たちは　いっしょに

地獄一のギョーザ屋

地獄には
ギョーザの うまい店が
一軒だけ あるらしい
うちのじいちゃんが
やっとんねん
俺も死んだら

その店 手伝うつもり
せやから あんたも
死んだら いっぺん喰いにきてくれ
地獄一のギョーザ屋
ちなみに うちのじいちゃん
地獄でポルシェ乗っとる

こころの身長

オレの　こころの身長は　オレの背よりも高いぜ
オレは　あの虹にだって
手では　さわれないけど
こころでなら　さわれる
オレは　あの雲にだって
こころでなら　さわれる
こころの身長は
大人だからって高いわけじゃないぜ
子供だからって低いわけじゃないぜ
こころの身長が高い奴は
こころで行動してる奴

誰だっていつか背の高さはとまるけど
こころの身長は
こころで行動しつづけてるかぎり
どんどんのびてゆく
それに きっと
女のコたちも
こう思ってるはずだ
あたし背が高いだけの人より
あたしより こころの身長が
高い人の方が好きよってね
だからオレ
もっともっと のびてやるぜ こころの身長

逆らう為の走塁

逆らう為の走塁は
ありきたりの生き方に逆らう
逆らう為の走塁は
型に　はまった考え方に逆らう
逆らう為の走塁は
自分の生き方をつらぬく

逆らう為の走塁は
オリジナルな生き方をつらぬく
逆らう為の走塁は
今まで誰もやってなかった方法で
ホームベースを踏むぜ
今まで誰もやってなかった方法で
ホームベースを踏む。

乳母車　棺虎の伝説 第二十八話

これは乳母車　棺虎のみた夢の話
話はこういう事やった
乳母車　棺虎は
きのう夢の中で
自分の好きな女を
わけのわからん奴にさらわれ
人質にとられた。
その犯人の言う事には
オマエのマイルドセブン４本と
この女と、こうかんじゃ。という事やった。
乳母車　棺虎は

自分の愛する女の命と
マイルドセブン４本を同じにされた事に
腹わた にえくりかえりながらも
じっとこらえ
女さえとりかえしたら
ぜったいあとでしばいたんねん。と心の中で思いながら
乳母車 棺虎は　こう言った
アホか！　今は俺フロンティア吸うとんじゃ！
知らんのか！　ドアホ！
そしたら犯人は
えっ！　そうなん？　って顔をして
そ、それやったら

よ、よ、よ、40本もってこんかい！
早よ、よこせ！　せやないと
この女どないなっても知らんどー！と言い
乳母車 棺虎が
阿呆か！　人質が先じゃ！　と言うと
同時や！　同時にこうかんや！と
犯人は大声で言うたんで
乳母車 棺虎は
ショーピー3本わたして
女を無事に　とりかえした
そしたら犯人は
こ、こ、これショーピーやないか！
だ、だましたなあああ！と

怒りくるたので
乳母車 棺虎は
愛する女にくちづけをし
先に家に帰っとけと言い
女はウン。と、うなずき、家に帰り
ほんでその後
乳母車 棺虎は
犯人をおもいっきりしばいた。
と。ここまでで乳母車 棺虎は目がさめたらしい。

（つづく）

そのままオマエラは死ぬだろう

へっぴりごしのまま　朝おきて
へっぴりごしのまま　歯をみがき
へっぴりごしのまま　めしをくうオマエラは
へっぴりごしのまま　外に出かけ
へっぴりごしのまま　電車にのりこむ
へっぴりごしのまま　人と会い
へっぴりごしのまま　はたらき
へっぴりごしのまま　ぐちをいうオマエラは
へっぴりごしのまま　夢を見て
へっぴりごしのまま　夢を語り
へっぴりごしのまま　何かにいのる

へっぴりごしのまま　新聞をよみ
へっぴりごしのまま　発言し
へっぴりごしのまま　発言をとりけすオマエラは
へっぴりごしのまま　自由をさけび
へっぴりごしのまま　女をながめ
へっぴりごしのまま　夢をすてる
へっぴりごしのまま　クソをして
へっぴりごしのまま　そばをすすり
へっぴりごしのまま　へをこくオマエラは
へっぴりごしのまま　ねむり
へっぴりごしのまま　すべてをあきらめる

そのまま　オマエラは　死ぬだろう　命をばかにしたまま
そのまま　オマエラは　死ぬだろう　命をばかにしたまま

光線

キングギドラは
弱音を吐かん
光線を吐く

待つな

チャンスなんて待つな。

ギター

生きていく上で
人間に必要な物は
努力じゃねえぞ
ギターだ

それでこそ自由。それでこそ俺

何も失うものがないから
好き勝手に生きれるのではなく
失うものはあっても
好き勝手に生きる
それでこそ自由。
それでこそ俺

ちがう日を生きてやる

明日と同じような　今日を生きたくない
きのうと同じような　今日を生きたくない
そして俺は今日と同じような
明日も生きたくないんだ
だって ちがう日なんだぜ
だって ちがう日なんだぜ
すべて ちがう日なんだ
なのに毎日
同じような日になってたとしたら
なのに毎日
たいして変わりのない日々になってたとしたら
なのに毎年
去年も今年も来年も再来年も

どれもたいして
変わりない日々になってたとしたら
それは自分のせいだろうが
俺は嫌だぜ
ちがう日を生きたい
俺は嫌だぜ
ちがう日にしてやる
俺は同じような日になんてしない
最悪でも最高でも
どっちでもいい
ちがう日にするぜ
よくても悪くても
ちがう日になるようにするぜ
俺は　ぜったい毎日
ちがう日を生きてやる

一流

一流は
己の不安と
ワルツを
踊る

茶飲むように

俺様よ
茶飲むように
夢叶えろ

雲と梅

雲と梅のほとりで
チューイングガムを踏んじまった
だから俺の履いている靴の右足の底には今
チューイングガムが、ついたままだ
雲と梅のほとりで
どうせだから俺は
左足の靴の底にも
チューイングガムをくっつけたくなった
雲と梅のほとりで
ガムをさがした

俺の左足は
ガムを踏みたくてウズウズしていたが

雲と梅のほとりには
もうガムは落ちてなかった
しょうがないから俺は
自分でガムを買いに行くことにした
自分でガムを買って
自分で噛んで
自分で地面に吐いて
自分でそれを踏むことにした
自分でガムを買いに行くことにした

自分でガムを買って
自分で噛んで
自分で地面に吐いて
自分でそれを踏むことにした
雲と梅のほとりから

30分ぐらい西へ歩くと
キオスクがあって
俺は、そこでガムを買った
さっそく俺は
自分でそれを噛んで
自分で地面に吐いて
自分でそれを踏んだ
もちろん左足でだ
さっそく俺は
自分でそれを噛んで
自分で地面に吐いて
自分でそれを踏んだ
もちろん左足でだ
だから俺の履いている靴の底には
今、両足ともガムが、くっついているぜ

俺は砂の上を歩いてみたくなった
砂の上を、この両足とも
ガムのくっついた靴で
ぜひとも歩いてみたいぜと思ったんだ
俺は、すぐに砂の上を歩いた
両足ともガムのくっついた靴で
両足ともガムのくっついた靴で
両足ともガムのくっついた靴で
俺は大きな岩の上にすわって靴の両底を見た
ちゃんと砂が、しっかりくっついていたぜ
俺はうれしくなって
もう一枚ガムを噛んで
地面の上に吐いた
そして左足のカカトで

そのガムを踏んだ
そしてもう一枚ガムを噛み
地面の上に吐き
今度は右足の、かかとで踏んだ
なんでかっていうと
そこらへんに散ってる
もみじの葉っぱを
靴の裏に、くっつけてみたくなったからだよ
俺は、もみじの葉っぱを
そおっと右足と左足で踏み
両足の靴の裏をのぞきこんだ
わくわくしながら
両足の靴の裏をのぞきこんだ
俺の靴の両底には
ちゃんと もみじの葉っぱが、くっついていた

俺は雲と梅のほとりへ　もどってみたくなった
俺は雲と梅のほとりに　もどってみたくなった
足の裏には、　もみじをくっつけたままでだ
そして
俺は今　もう一度
雲と梅のほとりにいて
俺の両足の裏には
もみじがくっついている
そうぞうしてみろよ
そうぞうしてみろよ
雲と梅のほとりで
俺の両足の底には、　もみじだぜ
雲と梅のほとりで、

俺の両足の底には、　もみじだ

世界中にある窓が

一年に一日ぐらいは
世界中にある窓が
ぜんぶ　あいてる日
というのが　あれば　おもろいのに
ぜったいきもちええで

世界中の窓が
ひとつのこらず ぜんぶ
あいてるねん
もちろん
俺のズボンのチャックも
その日ばかりは一日中あいている

空より後から生まれたくせに

俺の頭の上にある
ごっついカッコエエ形をした雲よ
オマエは、どこから来たんや
俺の頭の上にある
ごっついカッコエエ形をした雲よ
オマエは、いつからあるねん
俺の頭の上にある
ごっついカッコエエ形をした雲よ

オマエは、いつからいるねん
空より後から生まれたくせに
えらそうに浮かんどる
空より後から生まれたくせに
えらそうなのが

この俺と同じやな

汚れた雑巾《ぞうきん》

バケツに入っとる
汚れた水の中に
汚れた雑巾を　つっこんで
その汚れた雑巾で
汚れた窓を　ふいてやったら
窓が　びっくりして

古い世界は
窓ごと　すべて　ひっくりかえり
世界中に　ある窓の数は　ふえていた
俺は　すべての窓を　あけろと命じた
それから俺は　窓の外に顔を出して
通りを歩く人たちに向って
新しい息の　吸い方を教えた
吐き方は　明日　教えてやるぜ

乳母車　棺虎の伝説　第七十七話

乳母車　棺虎は海を見ながら
ともだちに　こう　ほざいた
「海だって空を飛びたいかもな。」

（つづく）

ちっこい

鏡が
ちっこいから
全部
うつらなくて
俺は
苦心した

本能のままに俺は俺の人生に
奥まで俺を入れて激しく俺を動かす

俺は俺の人生に
俺を入れて動かす
気持ええとこに
俺を入れて激しく動かす
本能のままに
俺を入れて激しく動かす

本能のままに
俺の人生に
奥まで俺を入れる
本能のままに
俺の好きな体位で俺を入れる
本能のままに俺は俺の人生に
奥まで俺を入れて激しく俺を動かす

乳母車 棺虎の伝説 第二十九話

乳母車 棺虎は
こんな すごい歌をつくった。

「地球のパンツ」

一、　きのう俺な
地球のはいとるスカート
めくりあげて
パンツみたったたんや
白やったで白

地球のはいとるパンツの色

白

二、　今日また さっきな

地球のはいとるスカート

めくりあげて

パンツみたったたんや

今日は黒やった

地球のはいとるパンツの色

黒

三、　明日も またぜったい

地球のはいとるスカート
めくりあげて
パンツの色みたんねん
明日は　たぶん桃色や
地球のはいとるパンツの色
桃色

金魚すくい

俺は死にかけの
金魚を
ねらったりしない

待つな。2

忘れるな
この世に生まれて来たこと自体が
既にチャンスだ。

さて

さて、どない生きたろか。

1俺《いちおれ》

俺。

5 俺

俺俺俺俺俺。

羽などいらん

立っとるだけでも凄い奴はスゴイ
羽などいらんで
俺は凄いから

三代目魚武濱田成夫 十一俺

一俺二俺三俺四俺五俺六俺七俺八俺九俺十俺十一俺。

息。

たった一度の　この人生
俺には俺の息の吸い方がある

成夫《セーフ》

一度もアウトにならんようにと
お父んが
俺の名を「しげお」とつけてくれた
成夫（セーフ）と書いて
しげおや。
さすが
お父ん
ええ名前つけよる
この俺様
アウトにならへん
成夫《しげお》様じゃ

風の歯

風。風。風。風。
風が、めをあける。
俺。俺。俺。俺。
俺が、めをあける。
風。風。風。風。
風が、かあ――っと口をあけた

俺。俺。俺。俺。
俺も、かあ――っと口をあけた
俺は、その時
颪の歯を見たぜ
颪の歯の本数は
この俺より少ない
颪の歯の本数は
この俺より少ない

俺の力

俺の力、俺の力、俺の力、
俺の力、俺の力、俺の力、
俺の力、俺の力、俺の力、
俺の力、俺の力、俺の力で、やった事が、
俺の力、俺の力、俺の力、
俺の力、俺の力、俺の力、

俺の力、俺の力、俺の力、
俺の力、俺の力、俺の力になる。
俺のおかげで
どんどん俺が
前にもまして
すごくなっていく。

けんかのうた

チャイムが鳴れば
体育館裏へ行く
10分しかない休み時間
俺は勝つために体育館裏へ向かう
奴も俺に勝つために体育館裏へ向かう
チャイムがゴングのかわり
俺は奴をかならず倒すんだ
これは　けんかのうた
女のための　うたじゃない
これは　けんかのうた
女のための　うたじゃない

チャイムがゴングのかわり
勝つまで死んでも けんかする

これは けんかのうた
女のための うたじゃない
これは けんかのうた
女のための うたじゃない

理科の授業であろうが
頭の中は けんかに集中する
教科書ひらいて けんかに集中する
奴をぼっこぼこに ぶちのめしてる俺を想像する
奴だってきっとそれを考えてるはずだ

チャイムがゴングのかわり
これは けんかのうた
女のための うたじゃない
これは けんかのうた
女のための うたじゃない
これは けんかのうた
勝つまで死んでも けんかする

これは けんかのうた
女のための うたじゃない

これは けんかのうた
俺は10分で奴をぶったおす

俺は10分で奴をぶったおす
ぶったおす
ぶったおす
ぶったおす
ぶったおす
ぶったおす
ぶったおす　ぶったおす　ぶったおす
ぶったおす　ぶったおす　ぶったおす
ぶったおす　ぶったおす　ぶったおす
ぶったおす　ぶったおす　ぶったおす
ぶったおす　ぶったおす　　　　　　ぶったおす
ぶったおす！

ソースのある所まで

豚まんにカラシだけつけて
ソースのある所まで歩いていこう

いっしょ

オヤジの歩き方と
弟の歩き方と
俺の歩き方は
三人ならんで歩いていると
いっしょだそうだ
つまり
おじいちゃんの歩き方なのさ

俺の唾

天に唾しても
俺の唾は落ちてこない
俺の顔に　かかることもない
なんでか　わかるか
俺の唾はな
ちゃんと天に　かかっとんのじゃ。

あいかわらず

あいかわらず
野菜のための墓はない

俺の中には俺があり俺がある

俺の中には俺があり
俺がある。
その俺の中には俺があって
その俺の中にも俺がある。
そして その俺の中にも俺があり
そのまた中にも俺がある。
さらに そのまた中にも俺があり
そのまた中にも俺がある。
とうぜん その中にも俺があり
その中も とうぜん俺だけど
もちろん さらに その中も俺だ。
しかし それで終わりではなく
さらに そのまた中にも俺があり

とうぜん　そのまた中にも俺がある。
さらに　その中にも俺があり　そのまた中にも俺がある。
その中には　もっと俺があり
またさらに　その中には　もっともっと俺がある。
そして　その俺の中には
とうぜん　もっともっと俺があり
さらに中には　まだ　もっと俺がある。
その俺の　さらに中には　まだまだ　もっと俺があり
その俺の中には　さらに　もっと　もっと　もっと俺がある。
さらに　そのまだ中には　もっと　もっと　もっと　もっと俺があり
そして　その中にあるのも　もちろん俺で
さらに　その俺の中には　さらに俺があり
その俺の中には　もっとさらに　まだ俺がある。
だが
その俺の中には

まださらに俺がありその俺の中にも俺があるが
そのさらに中も俺だしさらにその中も俺でその俺の中にも俺がある。

そして、もちろん
その俺の中も
とうぜん
俺だぜ。

これでまだ3分の1。

花束

花束をあげたい
この俺に。

俺そびえたつ俺。

俺そびえたつ。
俺の命そびえたつ。
俺の心そびえたつ。
俺の声そびえたつ。
俺の言葉そびえたつ。
俺の眼そびえたつ。
俺そびえたつ。
そびえたつ俺。
そびえたつ俺。
俺そびえたつ俺。

闘いなさい

俺様よ 闘いなさい。 終わるまで

のえれお　らかれお

ぜるやをばたなはにれおのこ
ぜるやをばたなはにれおのこ
の・え・れ・お　ら・か・れ・お
ぜるやにれおのこをばたなは
ぜるやにれおのこをばたなは
いいんぶき　めいろし　のんにた
だれおのこ　うがち　もとれだ
ぜるやにれおのこをばたなは
ぜるやをばたなはにれおのこ
のえれおらかれお
のえれおらかれお

印象

印象づけるために
俺はグラスの水なんて
今までに100回くらい
わざとこぼしてる

タイトル

楽しいだけでは　やらんし
おもろいだけでも　やらん
うれしくなくてはね

できるぜ

みすみす棒に振るなんて
俺には　できるぜ

お母《か》ん

旅立ちの朝
俺は でかいカバンを持って
家を出た
それはまだ太陽が
のぼるかのぼらないかぐらいの頃の事
ニューヨークに向かう飛行機に乗りに
伊丹空港に行くため
親父は ねてるから
お母んにだけ俺は
ほな行ってくるで送らんでええからな。と言って
家を出た
別にたいした事やない
ただちょっとニューヨークへ行くだけの事

どうって事あらへん
ただちょっとニューヨークで
やったろうと思てる事はあるが
札《ふた》場《ば》筋《すじ》に車は まだ少なく
タクシーの姿もなかった
ただ長距離トラックが何台か走り去って行く
飛行機の時間が近づいては きていたが
いっこうにタクシーは通らなかった
タバコ5本は吸うたが
それでもタクシーは来んかった
そのうちお母んが家から出てきて
タクシーが来うへんのやと俺が言うと
お母んも一緒に道に立って
タクシーを待ちはじめた
俺は それがうっとおしくて

「何でおったらアカンのや」と言うお母んを
もうええから家に帰れや
おったらかえってうっとおしいんじゃ
自分でさがすさかいと
家に帰らせた
お母んは家に帰って行った
俺は一人でタクシーを待った
もう一回ふと家の方を見ると
お母んが店のシャッターをあけて
中から自転車を出しているのが見えた
そろそろ魚市場へ行くのだろう
お母んは自転車に乗って
「ほな気つけて行ってくんねやで」と
俺にひとこと言って
俺の前を通り過ぎ

札場筋を171号線の方へ走って行った
俺は駅前へ行こうかと思った
駅前ならまだタクシーが来るかもしれへん
いやその前に
タクシー会社に
電話してみる事にしよう
札場筋沿いの電話ＢＯＸから
通りを通るタクシーもチェックしながら
俺はタクシー会社に電話をかけた
だが電話はコールされるが誰も出なかった
電話ＢＯＸの中から
俺は札場筋をぼおっと見た
その時　遠くの方に　ついにタクシーが一台
こっちに向かって走ってくるのが見えた
だが空車かどうか確認しようとよく見て

俺は　おどろいた
俺は　それが一瞬なんの事か　わからへんかった
そのタクシーの横に
自転車に乗ったお母んの姿が見えたからだ
俺は受話器をおいて
急いで札場筋に出た
お母んとタクシーが　こっちに向かって走ってきていた
お母んは市場へ行くため自転車だしたんと　ちごたんや
俺の乗るタクシーつかまえるために
自転車に乗って出て行ったんやった
タクシーと一緒に必死で自転車こいで走ってくる
お母んの姿見て泣いてしまいそうになった
お母んはタクシーを俺の前まで連れてきてくれると
「さあ早よ乗り」　とだけ言った
俺はおう。　とだけ言った

車に乗り込んだ俺は
運転手に伊丹空港と言い
俺を乗せたタクシーが走りだした
タクシーの窓から後ろを見たら
自転車に乗ったお母んがいつまでも
俺に手を振ってくれていた
お母んが俺のために自転車乗って
タクシーつかまえてきてくれたんや
お母んが俺のために自転車乗って
タクシーつかまえてきてくれたんや

夢ならいくつ持ってても両手はあいてるぜ

もし右手に
1リットルのペットボトルを持って
左手にも
1リットルのペットボトルを持ったら
もう他には何も持てないよな
でも夢なら
いくつ持ってても
両手は　あいたままだろ
夢を持ちつづけてても

両手は　いつだって
あいたままだろ
両手は　いつだって自由に
つかえるようになってるだろ
夢を持っても
いつだって両手は　自由だ
いつだって両手は　あいてるよな
その両手は
夢を実現するために必要だから
あいているんだぜ

トロフィーのなり方

トロフィーのなり方はな
まず自分の人生の上に
誰がなんと言おうが
自由に立つ
そしてに白い目でみられようが

好きなポーズをとる
あとはそれで自分が
輝いてさえおれば
立派にトロフィーや
たとえそれが
ケツだしとるポーズでもな

ダサイ

誰かが
用意してくれた
くす玉わって
よろこんどるようじゃ
ダサイ

天使

天使を
よびとめて
俺はこう言った
オイコラ、オマエ誰の足ふんでんねん。

やったあ！

俺は思うねん。
毎年毎年な、1月からはじまるより
たまには今年は
7月から　はじまりますよー　とかな、
3月から　はじまってみますよー　とか、
そんなん　あればええのに
それで12カ月の順番も
毎年いろいろで今年は
3月の次は12月、12月の次は6月、6月の次は9月、9月の次は8月、
8月の次は5月、5月の次は11月、11月の次は4月、4月の次は1月、1月の次は10月。
10月の次は2月。2月の次は7月。の順で

やってみますよー とかな。
ちゅうことは今年は
5、11、4月の頃が夏か。
そして今年の大晦日は
7月31日やねんな。とか思いたい
そして俺は ともだちに
こう言うわけよ
「なあ来年は何月から、はじまるん
やったっけ?」ってな
そしたら ともだちが俺にこう言うねん
「来年は11月から、はじまるらしいぞ。」ってな
そして俺がこう言うんや
「え!っ俺の生まれた月からってことか、やったあ!」

少年

雑煮《ぞうに》に入っていた　うずらの卵を
俺は口の中にいれたまま
かまずに家を出た
ゲイラカイトを
ひきずりながら
公園の中を
ぶらぶら歩いてゆく
俺は口の中に

うずらの卵をいれたまま
てっちり屋の かんばんをながめていた
青い空の下
雲の流れる
緑のシーソーの まんなかに立って
口の中の うずらの卵
君にだけおしえてあげる
俺は まだ かんでいない
俺は まだ かんでいない

ただガキなりに　こう思ってた事だけは　たしかだ

中央商店街の入口から出口まで
俺は　いっきにかけぬけた
つまり煙草屋のあたりから
金魚すくい屋のとなりの
風月堂のところまでだ
あの頃の俺は
まだ半ズボンをはいたガキで
そう　それぐらいの事しか　おぼえていない

その頃 俺が どんなシャツをきていたのかもおぼえていない
ただガキなりに なんとなくだが、 こう思ってたんだ
ただガキなりに なんとなくだが、 こう思ってた事だけは たしかだ
一人で歩いてて
いきなり走りだす事はカッコイイ
一人で歩いてて
いきなり走りだす事はカッコイイ
一人で歩いてて
いきなり走りだす事は死ぬほどカッコイイぜ

夕焼け

本当の空は夕焼けになんてなっていない
空は、まだ夕焼けじゃない
本当の空は、まだ夕焼けじゃない
自分で勝手に夕焼けを作るな

言うだけな奴等は
いつの間にか勝手に夕焼け
言うわけよ。言い訳

言うだけのまま
夕焼けを見て

「もう夕焼け。」と言い訳を言うだけ
言うだけの人達は
「いつかは…」と言うわけ
自分自身にまで言い訳を言うわけ

言うだけのまま今日も夕焼け
今日は終わるから…
無理だと言うことにするわけ

それは本当の夕焼けじゃない
それは
嘘の夕焼けだ

弱さが作った嘘の夕焼けだ
本当の夕焼けは、もっと美しいはずだ

本当の空は夕焼けになんてなっていない
空は、まだ夕焼けじゃない
本当の空は
まだ夕焼けじゃない
自分で勝手に夕焼けを作るな。

よう見てみろ　おまえの空を
それが夕焼けか?
それがホンマに夕焼けか?
よう見てみろ

それがホンマに夕焼けか?
あれがホンマに夕焼けか?
よう見てみろ
それがホンマに　おまえの夕焼けか?
よう見てみろ
あれがホンマに　おまえの夕焼けか?
オイ、
それは本当の夕焼けじゃない
それは
おまえの弱さが作った
嘘の夕焼けだ。

本当の夕焼けは

もっと美しいはずだ
本当の夕焼けなら
もっと美しいはずだ
本当の夕焼けは自分の生き方次第で
もっと美しいはずだ

嘘の夕焼けを見るな。

嘘の夕焼けを見るな。

嘘の夕焼けを見るな。

おまえの弱さが作った嘘の夕焼けを
「潰《つぶ》せ。」


行くぜ。

本当の空は
夕焼けになんて
なっていない
空は、まだ
夕焼けじゃないぜ
本当の空は
まだ夕焼けじゃない
自分で勝手に夕焼けを作るな

本当の夕焼けは
自分の生き方次第で
もっともっと美しいはずだ
本当の夕焼けは

自分の生き方次第で
もっともっともっと美しいはずだ

それが夕焼け
本当の夕焼け

俺は、まだ行くぜ

なぜなら
空は、
まだ夕焼けじゃない

俺は嘘の夕焼けなど見ない
俺は本当の夕焼けを見たい。
俺は本当の夕焼けを見たい。
俺は本当の夕焼けを見るぜ。

あんな大人ちゃんへ

あんな大人に
なりたくねえと
言うてた奴等が
そんな大人に
なっちまって
今では奴等が
あんな大人ちゃん。

世界が終わっても

世界が終わっても
気にすんな
俺の店はあいている

アルバイト

アルバイトの季節が　そうして過ぎてゆく

あの娘が言うには　ちゃんと就職してほしい
あの娘が言うには　二人で暮らす事を考えて
あの娘が言うには　叶わなかったらどうするの
あの娘が言うには　好きだけどもう待てないわ
阪神尼ヶ崎駅の南口のロータリーのところに
夜の8時になれば埋め立て地へ向かう送迎バスがとまってる
菓子パンのサンメルシーに かじりつきながら
俺は　よろこんでそのバスに のりこませてもらうぜ
アルバイトの季節が　そうして過ぎてゆく、が、
でかい荷物を持ちあげて　死ぬまであきらめん

誰かが言うだろ　いつまでアルバイトするつもり
誰かが言うだろ　早く大人になりなさい
誰かが言うだろ　昔は 僕も夢あった
誰かが言うだろ　昔は あたしも夢あった
阪神尼ヶ崎駅の南口のロータリーのところに
夜の8時になれば埋め立て地へ向かう送迎バスがとまってる
菓子パンのサンメルシーに かじりつきながら
俺は　よろこんでそのバスに のりこませてもらうぜ
アルバイトの季節が　そうして過ぎてゆく、が、
そんな話きいても　ぜったい夢しばく

たとえば俺には　叶わなかったらそれはそれ
たとえば俺には　叶わなかったらそれはそれ
それより　ヘタレになる事の方が死に近い
それより　ヘタレになる事の方が死に近い

阪神尼ヶ崎駅の南口のロータリーのところに
夜の8時になれば埋め立て地へ向かう送迎バスがとまってる
菓子パンのサンメルシーに かじりつきながら
俺は　よろこんでそのバスに のりこませてもらうぜ
アルバイトの季節が　そうして過ぎてゆく、が、
でかい荷物を持ちあげて　死ぬまで夢ねらう

お父んが言うには　なれんぐらいならやめてまえ
お父んが言うには　ちんたらしとったらいてまうど
お父んが言うには　お前の年やったら家に金入れろ
お父んが言うには　なりたいもんになってみろ
阪神尼ヶ崎駅の南口のロータリーのところに
夜の8時になれば埋め立て地へ向かう送迎バスがとまってる
菓子パンのサンメルシーに かじりつきながら
俺は　よろこんでそのバスに のりこませてもらうぜ

アルバイトの季節が　そうして過ぎてゆく、が、
でかい荷物を持ちあげて　とうぜん叶えたる

お母んが言うには　体にだけは気つけや
お母んが言うには　東京行くなら地震に気つけや
お母んが言うには　ちゃんとゴハンを食べなさい
お母んが言うには　やりたいようにやりなさい
阪神尼ヶ崎駅の南口のロータリーのところに
夜の8時になれば埋め立て地へ向かう送迎バスがとまってる
菓子パンのサンメルシーに かじりつきながら
俺は　よろこんでそのバスに のりこませてもらうぜ
アルバイトの季節が　そうして過ぎてゆく、が、
でかい荷物を持ちあげて　それでも夢を見ろ

負けるな。

負けるな
すべてが最悪でも
負けるな
空が　どすぐもりでも

目の中の心に勇気をこめろ
口の中の心に勇気をこめろ
耳の中の心に勇気をこめろ
顎《あご》の中の心に勇気をこめろ
鼻の中の心に勇気をこめろ

歯の中の心に勇気をこめろ
首の中の心に勇気をこめろ
手の中の心に勇気をこめろ
爪の中の心に勇気をこめろ
腕の中の心に勇気をこめろ
肘《ひじ》の中の心に勇気をこめろ
肩の中の心に勇気をこめろ
胸の中の心に勇気をこめろ
腹の中の心に勇気をこめろ
腰の中の心に勇気をこめろ
ケツの中の心に勇気をこめろ
膝《ひざ》の中の心に勇気をこめろ
足の中の心に勇気をこめろ

血の中の心に勇気をこめろ
骨の中の心に勇気をこめろ

負けるな
すべてが最悪でも
負けるな
ユーモアを忘れるな
負けるな
何も あてにならなくても
負けるな
それでも晴れとけ

「勝つのは、当然の事だろう?」

あっ。

ある日 俺が散歩しとったら
ふと俺の足もとに
落葉が一枚落ちてきた
せやから俺は
その木に向かってこう言うた
「あっ。落ちましたよ　これ。」

俺王01

今日は20XX俺年3俺月17俺日の土俺曜日で
明日は20XX俺年3俺月18俺日の日俺曜日で
俺は なんにでも俺とつける
それだけは だれにも とめられへんねん
おまわりさんにも とめられへん
おひめさまにも とめられへん
おとうちゃんにも とめられへん
おかあちゃんにも とめられへん
しんだ ひいおじいちゃんにも とめられへん

そして俺は今ウンコ中
もう便所に はいってから
5俺分23俺秒も たっとるけど
まだ でられへん
あと6俺分は かかりそうや
だから歌でも うたうぜ
俺ミファソラシドー
ドシラソファミ俺ー
俺シラソファミレドー
俺シラソファミ俺ー

俺シラソーファーミー俺ー

本日も

本日も、俺が、みなぎりやがるぜ。

幸せ者

誰かに
成らせてもらうより
自分で成ろうぜ
「幸せ者」

チャーミングに行こうぜ

男はやっぱり心のどっかに
ミッキーマウス入ってるぐらいやないとアカンと
俺は思とる。

生きて百年ぐらいなら

生きて百年ぐらいなら
うぬぼれつづけて生きれるぜ。

俺様のオリジナル

ガキの頃
新コブラツイストと新まんじ固めと一本足四の字と
胃グルリンとアゴチンロックと手を完全にころすおさえこみ濱《はま》田《だ》固《がた》めと
くちあき紙飛行機と
俺様のマークと俺様のサインと
自分をほめたたえることと
俺と書きまくることと
そして
あきらめる装置をこっそり川に捨てることを
俺様は発明した
そして大人になった今も
その出来は素晴らしい
俺様のオリジナル

俺も何かをやってみようと思う

俺は関西で生まれた
寿司屋の せがれだった
ある日、本当のロックを聴いた
体中に電気が走った。
「俺も何かをやってみようと思う。」

俺は九州で生まれた
会社員の息子だった
ある日、本当のロックを聴いた
体中に電気が走った。
「俺も何かをやってみようと思う。」

俺は北海道で生まれた
饅頭屋《まんじゅうや》の息子だった
ある日、本当のロックを聴いた
体中に電気が走った。
「俺も何かをやってみようと思う。」

俺は関東で生まれた
定食屋の息子だった
ある日、本当のロックを聴いた
体中に電気が走った。
「俺も何かをやってみようと思う。」

俺は四国で生まれた
漁師の せがれだった
ある日、本当のロックを聴いた
体中に電気が走った。
「俺も何かをやってみようと思う。」

俺は東北で生まれた
金持ちのボンボンだった
ある日、本当のロックを聴いた
体中に電気が走った。
「俺も何かをやってみようと思う。」

私は、この世に生まれた
ある日、本当のロックを聴いた
体中に電気が走った
体中に電気が走った
「私も何かをやってみようと思う。」

生きていく上で人間に必要なものは
生きていく上で人間に必要なものは
生きていく上で人間に必要なものは
努力じゃねえぞロックだ

生きていく上で人間に必要なものは
努力じゃねえぞロックだ

好きなものを好きなままで死んで行こう
好きなものを好きなままで生きていこう
好きなものを好きなままで生きていこう
好きなものを好きなままで死んでいこう

生きていく上で人間に必要なものは
生きていく上で人間に必要なものは
生きていく上で人間に必要なものは

努力じゃねえぞロックだ
努力じゃねえぞロックだ
努力じゃねえぞロックだ
「努力じゃねえぞロックだ。」

虎と話す。

ガキの頃、俺は
虎と話せると思とった
今も　ちょっとだけそう思とる。

人生

人生よ　あなたは　まるで
この俺様の子分。

おうよ。

むかしむかし
阪神西宮の下町の
ロータリーの逆っかわの南口のまだ南っかわにな
プレイタウン一番街というのがあってな
永谷時計店のすぐとなりに
天下の魚武寿しが、あったんや
その2階に
少年ウオタケが住んどった
つまり すし屋のせがれでな
勉強は ぜ———んぜん できひんかったけど
詩は書けた
あともうひとつ　虎がめちゃめちゃ好きなガキなんよ
そのまま　いったれ　そのまま
そのまま　いったれ　そのまま

このクソガキの　そのままに
いつか地球を しばいたれ
クソガキウオタケ　その日まで
馬場公園で遊んどれ　（おうよ！）

少年ウオタケはな
べったん つまり めんこが、ごっつい好きで
毎日のように近所のワルガキらと
べったんを地面に、たたきつけた
べったんを地面に、たたきつけながら
少年ウオタケは詩をつくった
敵の べったんをいっぺんに3枚もな
見事に ひっくりかえさせた時の事や
少年ウオタケうれしさのあまり
その記念として

わざわざ　べったんの詩を
いっぺんに3つ　つくったんや
そのまま　いったれ　そのまま
そのまま　いったれ　そのまま
このクソガキの　そのままに
いつか地球も　ひっくりかえせ
クソガキウオタケ　いつの日か
地球をも　ひっくりかえす　べったんになれ　（おうよ！）

おとうちゃんに連れられ王子動物園
おとうちゃんに連れられ宝塚ファミリーランド
おとうちゃんに連れられ天王寺《てんのうじ》動物園
おとうちゃんに連れられ阪神パーク
どこへいっても少年ウオタケはの
まずまっ先に大好きな虎をさがしよる

ここには虎が、おるのかどうか?
そればっかりが一番 気になった
そして虎が、おるのが、わかった時
少年ウオタケは
まっ先のまっ先にや
虎のおるオリへと おもいっきり走って行きよる
そのまま いったれ そのまま
そのまま いったれ そのまま
このクソガキの そのままに
いつか おまえも虎になれ
クソガキウオタケ　その日まで
動物園で虎見とれ　(おうよ!)

おかあちゃんのたんじょう日　2月28日の日の事や
少年ウオタケは こづかいもって

おかあちゃんに花プレゼントするんやと
一人で、もみじ通りの花屋へ行きよった
店にならぶ花たちを必死に、にらみ
自分が一番きれいやと思う花を買うた
買って帰っておかあちゃんにあげると
おかあちゃんは おどろいた顔をしてやなぁ
そのあと大笑いしながらこう言うたんや
ありがとう！　成ちゃん
ウオタケが お母ちゃんにプレゼントしたのんわ
仏《ぶつ》だんに、そなえる用の花束やったんや
そのまま いったれ そのまま
そのまま いったれ そのまま
このクソガキの そのままに
いつか おかあちゃんに楽さしたれよ
クソガキウオタケ　その日まで
戸田公園で遊びたおせ　（おうよ！）

ある日 天下の魚武寿しの近所の
呉服屋さんの店の中の一角に
春日野道《かすがのみち》から刺繍屋さんがやって来て
店をひらいた
少年ウオタケは早速　店へ行き
おっちゃん これを刺繍してんか。とたのんだ
刺繍屋のおっちゃんが
なんやそれわ？　とたずねたんで
せやから少年ウオタケは胸をはってこう答えた
これは俺の詩やねん！
そうかい よっしゃ まかしとけ
日本一の刺繍をいれたるから そこで すわってまっとけボウズ！
そのまま まっとけ そのまま
そのまま まっとけ そのまま

このクソガキの そのままに
いつか地球にオマエの詩をよましたれ
クソガキウオタケ　その日まで
おまえの詩をいっぱい服に縫うてもうとけ　（おうよ！）

「なあススキのおっちゃん」

「なんや成《しげ》ちゃん！おっちゃんと言うな」

「ほなススキのおにいちゃん！」

「なんや？　成ちゃん」

「この詩も糸で縫うてみてくれへんか？」

「あとでも ええか？　それとも今か？」

「今！」

「しゃーないのう」

「やったあ！」

「ほな ちょーまっときや すぐ縫うたる」

「すぐできるか？」

「すぐ着ていきたいんか。わかっとるわかっとる すぐ着ていきたいんか」

「うん！　すぐ着たいんや」

「ほらどうや！　ええのんができたやろ！　気にいったか！」

「ほんまや！　気にいったわ！」

「ほな　こいでええな？」

「あのな　おっちゃん」

「おっちゃんというな。」

「おにいちゃん」

「そうや。なんや成ちゃん」

「ここをな 金の糸で縫うてみたら どないなんねやろなあ

この詩のこの部分、金の糸で縫うてみたら どないなんねやろなあ」

「金糸《きんし》か、そらカッコようなるで！」

「ほな金糸で、ここ縫うてみて、この字のとこ」

「よっしゃ！　しゃーないの」

「おおお――ええ感じや！」

「ほらできた どや！　ごっついようなったがなあ！」
「ほんまや、おおきに！　金いくら？」
「かまへん かまへん しゅっせばらいにしとったる！」
「おれ　しゅっせ　せえへんかったらどないする？」
「成ちゃんは天才や、
そのうち みんなが成ちゃんのスゴサに気づきよるでぇー
もし気づかへんかったらな
そいつらは阿呆じゃ
さあそれ着て
みんなに成ちゃんのスゴサ
わからしに行ってこい！」
「よっしゃ！　行ってくるで俺！」

18の夏　お母んの自転車借りて
香《こう》炉《ろ》園《えん》浜《はま》へ行き

テトラポットの上に座りタバコ吸うて
海見とって考えついたウオタケの詩を
いつの日か人々が本で読む事になるだろう
落ちとる紙きれに詩を書く彼を
ヤクザのおっさんが立ちどまってきいた
ぼうず海見て何書いとんねん？
そん時ウオタケはこう答えたんや
詩や。
詩かいとんや
俺はなあ詩人やねん！
そのまま いったれ そのまま
そのまま いったれ ええあくび
このクソガキの そのままに
いつか ほんまに海に勝て
クソガキウオタケ　その日まで
自伝でもだしてヒマップシ（おうよ！）

刺繍屋さんのおっちゃんがな
ミシンの音も高らかにこう言う
成ちゃんはな そのうち日本一の詩人になりよる男よ
みんなが近い将来 成ちゃんの本を読みよるで
おまえが汚い紙きれに書いた詩が
いつかは立派な本になる
きのくにや書店にも　あさひや書店にも
駅前のエビス書店にも　本が並ぶで
きっと名がでる もうわかっとるこっちゃ
〝三代目魚武濱田成夫の詩集発売!!〟ってな
だから これからも おまえにしか書けない詩 書くんやで
成ちゃんは成ちゃんにしかできん事をやりつづけろ
そのまま いったれ そのまま
そのまま いったれ そのまま

このクソガキの　そのままに
そのまま　いったれ　そのまま
そのまま　いったれ　そのまま
そのまま　いったれ　そのまま

このクソガキの　そのままに
いつか地球を飲んでまえ
このクソガキの　そのままに
いつか地球を飲んでまえ
このクソガキの　そのままに
いつか地球を飲んでまえ俺　（おうよ。）

それが どこであろうが

それが どこであろうが
外に出たら
まわりの奴等全員
この俺様のためのエキストラ

みなさん おまたせしました

さあ はじめましょか

俺月《おれがつ》の、くす玉

俺様は
魔王の頭かちわって
風呂屋の時間に間にあわす

君の家はどこだい

しばくどカスと君は言うけれど
私のほうこそ
ワレ家どこじゃ　こら　と言いたい気分
だけど言わないわけは
でももしそれでもビビられずに
どこどこじゃ　こら　とドスのきいた声で
言い返されたら
ワレ家までいったろか　こらぁ
家火つけたろか　こらぁ

とまで言わなければならなくなるから
だから　私は言わないのだよ
ベイビー　日本語ってむつかしいねー

それをやっていったいなんになるんだと君は言うけれど
私のほうこそ
なんでオマエは何もしようとしないんだいと言いたい気分
だけど言わないわけは
でももしそれでもいばりながら
こうこうだから何もしないんだと
まじめな顔して理屈こねられたら

ワレ家までいったろか　こらぁ
家火つけたろか　こらぁ
とまで言わなければならなくなるから
だから　私は言わないのだよ
ベイビー　阿呆は　なんぎだねー

なんのためにやるのか説明してみろと君は言うけれど
私のほうこそ
そこまで考えとるかいやと言いたい気分
だけど言わないわけは
でももしそんなこと言ったがために

やっても無駄だよ　こうこうこうだもんなんて何もやれない奴に
やいやい言われたら
ワレやったんか　こらぁ
やったことないくせに言うな　こらぁ
しばきあげんぞ　こらぁ
ボコボコにいてまうぞ　こら
とまでつい言ってしまうかもしれないから
だから　私は言わないのだよ
ベイビー　君の家はどこだい？

さあ　いてこましたるで

改札口に入る時よりも
改札口を
出る時の方が
俺は好きや
さあ　いてこましたるでと
思えるからな

実はリング（すぐ気づいた）

よう見てみいや路上を
電信柱はコーナーポストで
電線は、まるで、
コーナーポストからのびるロープに似とる
ここは、実はリング
俺は、それに、
すぐ気づいた
実はリング。
この俺様が
はっきり しばいたるで

俺が、はじまる

俺が、はじまる。
俺が動けば
俺が、はじまる

一分後の未来よ

一分後の
未来よ
もうすぐ
俺が行くで
道あけとけ

はじまりつづけて生きている

うれしくなるぜ俺様は
はじまりつづけて生きている。

俺の魅力

俺様は約束してない事を守ったりする。

118 俺

俺、俺、俺、俺、俺、俺、俺、俺、俺、俺、俺、
俺、俺、俺、俺、俺、俺、俺、俺、俺、俺、俺、
俺、俺、俺、俺、俺、俺、俺、俺、俺、俺、俺、
俺、俺、俺、俺、俺、俺、俺、俺、俺、俺、俺、
俺、俺、俺、俺、俺、俺、俺、俺、俺、俺、俺、

俺、俺。

松竹梅《しょうちくばい》

俺は生きとるけど
金色《きんいろ》の霊柩車《れいきゅうしゃ》に乗った。
「オマエは変人や
よう　そんな縁起の悪い事しようと思うのう…」と
俺の友だちは言ったが
俺は霊柩車を
夜の新橋の駅前に呼び出した
霊柩車のグレードには
三段階あって
松・竹・梅の中から選べた

俺は、金色のやつにしてくれとたのんだ
金色の霊柩車が俺のためにやって来た
金色の霊柩車が俺の前にとまって
運転手が降りてきて
俺のために　うしろの扉をあけてくれた
俺が「ありがとう！」と言うと
運転手は嫌そうに笑った
俺は大喜びで
さっそく　それに乗りこんだ。
霊柩車の中で
ねっころがって上を見たら
天井に鳳凰《ほうおう》の絵があった

俺が中から
うれしそうに
「オッケーで――す！　扉しめてくださーい！」と言うと
運転手は嫌そうな顔をしながら
扉を閉めてくれた
俺のいる霊柩車の中が真っ暗になった
そして外側にある扉のレバーを
外側にしかない扉のレバーを
しっかりと、ガッチャン！と閉めてくれる音が聞こえた
俺は、わくわくしながら
霊柩車の中で車の走り出すのを待った
いよいよ車が走りだした

俺の体をつんだ霊柩車が走り出した

そして俺は今、
生きたまま
走っとる金色の霊柩車の中にいる

俺は大笑いした
生きたまま
金色の霊柩車の中で

答

この世は何かと聞かれたら
「この世は俺。」と
俺は答える
あの世は何かと聞かれたら

「あの世も俺。」と
俺は答える
俺とは何かと聞かれたら
「俺こそが俺や。」と
俺は答える

俺から俺への拍手

俺から俺への拍手が
心の中で鳴っている
聞こえてくるぜ
俺への拍手
鳴りやまない
俺から俺への拍手

俺だけに聞こえる
俺から俺への拍手
その拍手さえ
心の中で鳴っていれば
この俺が
自分の信じたとおりに
いきている　しょうこだ

こころのなかのビルのお話

おれは　こころのなかにビルをもっている
そのビルのたかさは
いち、にい、さん
しい、ご、ろく
なな、はち、きゅう
じゅう、じゅういち。
じゅういちかいも
あって

おれのこころのなかで
どうどうと　そびえたっている
おれのこころのなかで
どうどうと　そびえたつ　そのビルは
たとえ　だれかに　ボロクソいわれても
ビクともしないし　たおれない
おれのこころのなかで
どうどうと　そびえたつ　そのビルは
たとえ　だれかに　ばかにされても
ビクともしないし　たおれない

おれのこころのなかで
どうどうと　そびえたつ　そのビルは
たとえ　だれかに　わらわれても
ビクともしないし　たおれない
おれのこころのなかで
どうどうと　そびえたつ　そのビルは
たとえ　せかいじゅうの
ひとたちに　しろいめでみられたとしても
ビクともしないし　たおれない
そして　おれのこころのなかのビルは

いま、また
こうじをしているところだ
なんのための
こうじかというと
12かいだてに
するための
こうじだ
そのうち
千かいだてにしてやるぜ。

命の演奏のお話

生きるということは
命の演奏だ
ジャカジャーン
じぶんにしかだせない音色《ねいろ》で
すごい人生にしよう
空も きいてるぜ
虎も きいてるぜ
山も きいてるぜ
あのこも きいてるぜ
海も きいてるぜ

うんちも　きているぜ
象も　きいてるぜ
友だちも　きいてるぜ
世界に　ひとつしかない　命だから
世界に　ひとつしかない　演奏をしてやろうぜ
一生は一曲だ
命ならしまくれ
一生は一曲だ
すげえ曲をめざせ
そして　しぬときが
演奏をおえるとき
すげえ曲になってたら最高！

うみとおれのお話

おれは　いま
海を　みている
海をみてて
おもてんけど
海は
ほんまカッコエエな
だって海は
海であるということ
それだけで　おれらを
すごいとおもわせよるやろ

べつに海は
城にすんどるわけでもないし
ドラムたたくわけでもないし
こぶんが1000人おるわけでもない
べつに海は
そうりだいじんでもないし
だいとうりょうでもないし
すしやでもない
べつに海は
マフィアでもないし
しゃちょうでもないし
レーサーでもない

べつに海は
大砲をもってるわけでもないし
空をとべるわけでもないし
ハーモニカふくわけでもない
べつに海は
りっぱな かいしゃで はたらいてるわけでもないし
博士なわけでもないし
げいのうじんでもない
べつに海は
ノーベル賞とったわけでもないし
カレンダーなんて みいひんし
なにかに いのったりもせえへん

べつに海は
エベレストのぼるわけでもないし
月にいったこともないし
ボレロおどるわけでもない
べつに海は
タイムマシン発明してへんし
ええくるまのってるわけでもないし
虎でもない
べつに海は
なにみてんのかワカランし
おきとんのか、ねとんのかもワカランし
けんのたつじんでもない

べつに海は
キース・リチャーズにギターおしえたわけでもないし
ばんりのちょうじょう つくったわけでもないし
オモチャ屋さんの、むすこでもない
べつに海は
海なだけや
海には
カタガキなんていらんのや
そやからカッコエエんや
おれも海みたいに
そこにあるだけで
そこにおるだけで

そんざいしとるだけで
スゴイといわれるような
カッコエエやつになりたいとおもう
海が海やというだけで
おれらにスゴイとおもわせるようにな
おれもおれやというだけで
スゴイとおもわせるような
おれになりたいとおもう
なるで、おれ。
おれも海になったる

ザッバ―――ン！

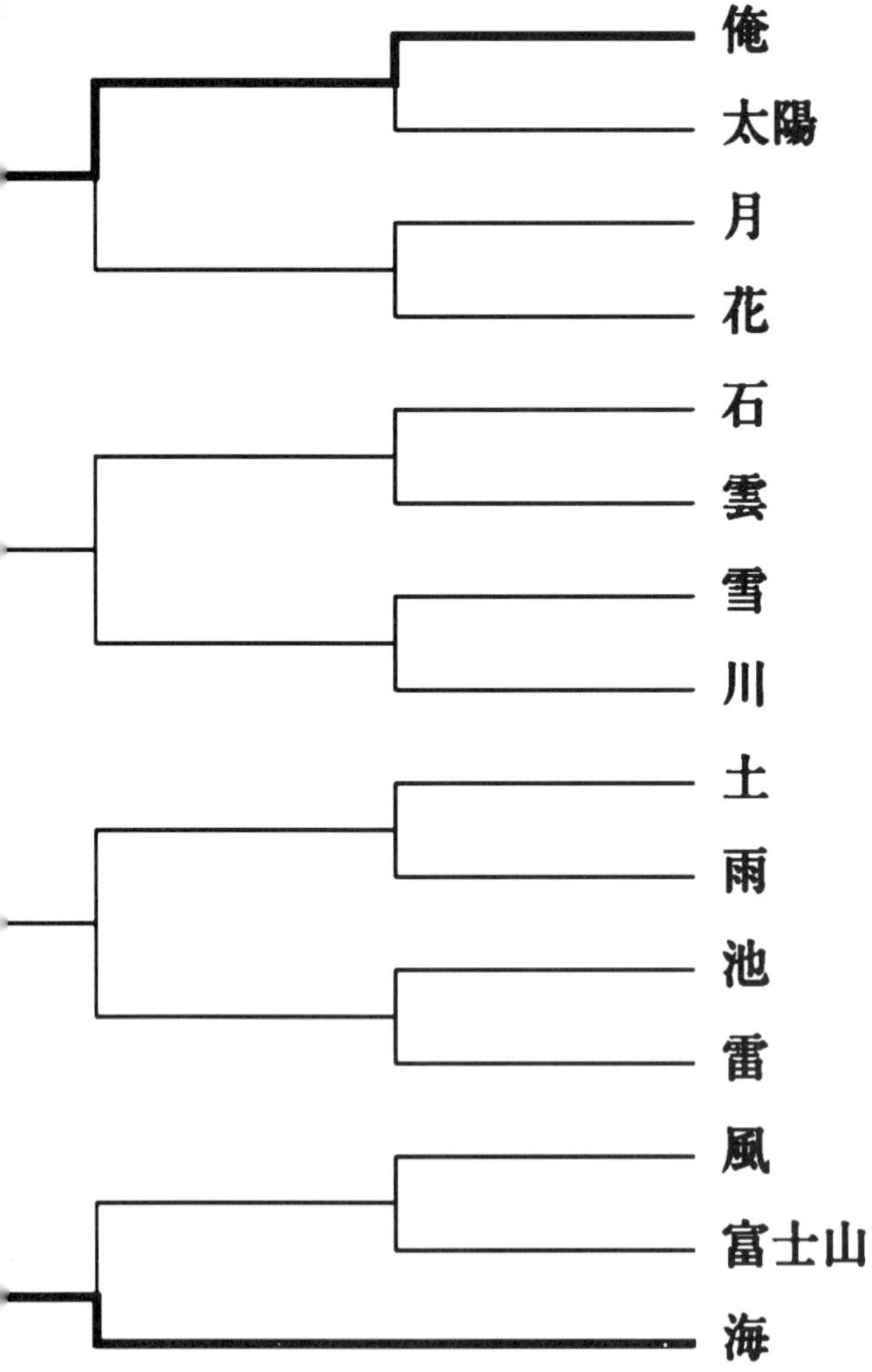

優勝俺

俺

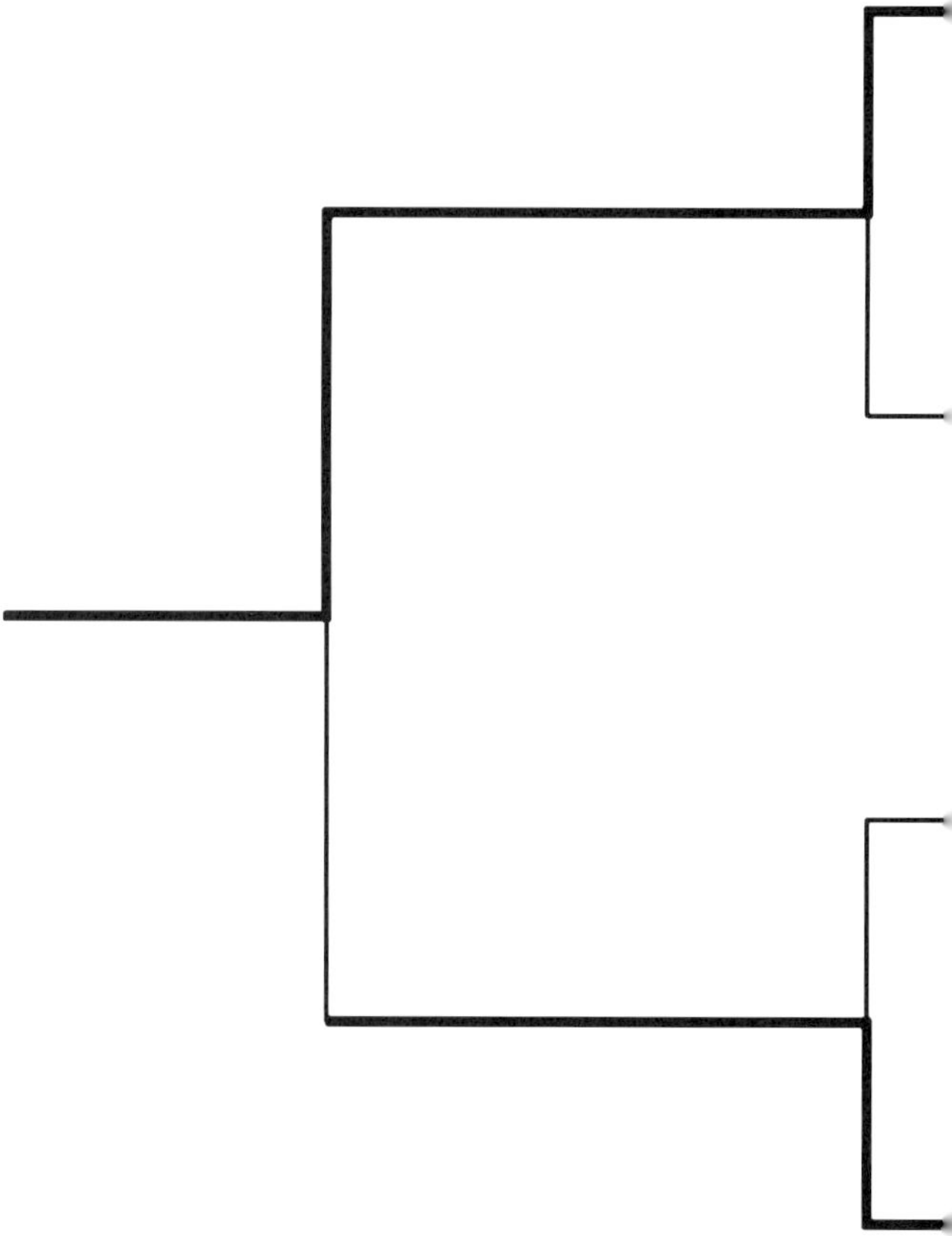

肉眼ではな。

ねえ　おふろ はいってないんでしょ
「肉眼ではな。」
女遊び激しいんでしょ？
「肉眼ではな。」
好きな事ばっかりして生きて
女泣かしてるでしょう
「肉眼ではな。」
むちゃばかりして
女に心配かけてるでしょ？

「肉眼ではな。」

ニューヨークで　ろうやに入ってたんだって？

「肉眼ではな。」

ほっておくと　どこにでもすぐ
〝俺〟って書くらしいじゃないの？

「肉眼ではな。」

東京中を13ヵ月で13回引っ越ししてたことがあるの？

「肉眼ではな。」

25歳の時に自伝を出したって本当なの？

「肉眼ではな。」

自分の詩集の最初のページには、　かならず

〝俺に捧げます〟って書いてあるって本当なの？

「肉眼ではな。」

自分をほめたたえた作品しかつくらないらしいわね
「肉眼ではな。」

マンガにもなってるって本当なの？

「肉眼ではな。」

今は半年ごとに住む県かえながら、
日本中に住んでみてるって本当なの？

「肉眼ではな。」

わざわざアンディ・ウォホールの作品の本物買ってその上から、
おもいっきり自分のサイン入れて〝俺様のサイン〟って

題名の作品にしたって本当なの？
「肉眼ではな。」
福岡ドームのとなりにある巨大ホテルの建物全面つかって
〝俺〟って巨大イルミネーション7時間も点灯させたってマジ？
「肉眼ではな。」
〝二万千百九十一俺〟って著書名の、
中身は〝俺〟っていう字しか書かれてない
607ページもある鉄板入りの一万円もする詩集をだしてるの？
「肉眼ではな。」
詩人で初めて朗読のライブDVD BOX 3枚組セット（ベアブリック3体付き）
出したって本当なの？

「肉眼ではな。」
詩人で初めてフジロックに、たった一人で楽器ももたずに体ひとつで出演して
スタンドマイク一本で自分をほめたたえる詩を
40分間朗読したって本当なの？
「肉眼ではな。」
ＥＭＩミュージックジャパンから「詩人三代目魚武濱田成夫」っていう
タイトルの2枚組の詩の朗読ＣＤボックスを詩人で初めて、出したって本当なの？
「肉眼ではな。」
詩人で初めてライジングサン・ロックフェスティバルに、
たった一人で楽器も持たずに体ひとつで出演して、
スタンドマイク一本で自分をほめたたえる詩を、

1時間近く朗読したって本当なの?
「肉眼ではな。」
詩人で初めて日本に7カ所あるアップルストアで7日連続、
詩の朗読ライブをしたって本当なの?
「肉眼ではな。」
あたし、あんたとホテルになんか
ぜったいに
ぜったいに行かないわよ
「肉眼ではな。」

俺の出

おい太陽

ただちに下がれ
俺が出る

たとえ空が どすぐもりでも ええように
いつも自分で晴れとけ 空にたよるな 空は空

■三代目魚武濱田成夫・出典作品著作リスト

詩集『俺様は約束してない事を守ったりする。』（角川文庫）
詩集『生きて百年ぐらいならうぬぼれつづけて生きたるぜ』（角川文庫）
詩集『おまえがこの世に５人いたとしても５人ともこの俺様の女にしてみせる』（角川文庫）
詩集『俺には地球が止まってみえるぜ』（角川文庫）
詩集『世界が終わっても気にすんな俺の店はあいている』（角川文庫）
詩集『君が前の彼氏としたキスの回数なんて俺が３日でぬいてやるぜ』（角川文庫）
詩集『駅の名前を全部言えるようなガキにだけは死んでもなりたくない』（角川文庫）
自叙伝『自由になあれ』（角川文庫）
絵本『三代目魚武濱田成夫の絵本』（角川文庫）
語録『三代目魚武濱田成夫語録』（幻冬舎）
写真詩集『虎と花』（求龍堂）
詩集『三代目魚武濱田成夫詩集ベスト 1982-1999』（メディアファクトリー）
絵本『こころのなかのビルのお話』（メディアファクトリー）
絵本『いのちのえんそうのお話』（メディアファクトリー）
絵本『うみとおれのお話』（メディアファクトリー）
写真詩集『俺の靴は船になった』（双葉社）
作品集『詩人三代目魚武濱田成夫の形見』（G.B.）
DVD BOX『三代目魚武濱田成夫 POETRY READING LIVE BOOTLEG』（ポニーキャニオン／デジタルサイト）
詩集『こども用三代目魚武濱田成夫詩集 ZK』（学研）
詩集『一分後の 未来よ もうすぐ 俺が行くで 道あけとけ』（学研）
ノンフィクション『日本住所不定—Fast Season—』（NorthVillage）
詩の朗読 CD『詩人 三代目魚武濱田成夫【NAKED】』（EMI MUSIC JAPAN）
詩の朗読 CD『詩人 三代目魚武濱田成夫【ANTHEMS】』（EMI MUSIC JAPAN）
詩の朗読 CD『詩人 三代目魚武濱田成夫』（２枚組コンプリート BOX）（EMI MUSIC JAPAN）

たとえ空が どすぐもりでも ええように
いつも自分で晴れとけ 空にたよるな空は空

2011 年 11 月 1 日　初版発行

著　者　　三代目魚武濱田成夫

発行人　　北里洋平
装　幀　　宮嶋章文
発行元　　株式会社 NORTH VILLAGE
　　　　　〒 338-0001 埼玉県さいたま市中央区上落合 4-8-1
　　　　　TEL 048-764-8087　FAX 048-764-8088
発売元　　サンクチュアリ出版
　　　　　〒 151-0051 東京都渋谷区千駄ヶ谷 2-38-1
　　　　　TEL 03-5775-5192　FAX 03-5775-5193
印刷・製本　創栄図書印刷株式会社

http://www.northvillage.asia

落丁・乱丁はお取り替えいたします。

ISBN978-4-86113-317-6

Printed in Japan